NV

Ursula Balser

Tutein

7 Bilder
für die Bühne

New Romancer Verlag

© New Romancer Verlag, Frankfurt am Main 2001
www.new-romancer.com
Alle Rechte vorbehalten
Hinweise zu den Skizzen
am Schluss des Bandes
Herstellung:
Books on Demand GmbH, Norderstedt
Printed in Germany
ISBN 3-8311-2545-7

Tutein

1
Beduin

Bild

Ein großes Zelt mit leichten Wänden. Der Eingang ist geöffnet. Auf der linken und rechten Seite sind Liegeflächen, weiches Material in vielen Schichten, Decken aus Wolle, Leinentücher, mehrere Kissen, dazwischen Teppiche.
Tutein wird von vorne auf einem schlittenartigen Gefährt zum Eingang gebracht. Alle seine Erinnerungen sind ihm auf den Rücken geschnürt. Er ist eingehüllt in ein dicht an den Körper anliegendes Material.
Er wird von Enu erwartet.
Im hinteren Teil des Zeltes stehen auf einem kleinen Tisch verschiedene Gefäße mit Flüssigkeiten. Eine davon ist Wasser.
Enu beginnt:
1. er nimmt Tutein das Gepäck ab
2. er taucht ein Tuch in die Wasserschale
3. er wischt ihm die Stirn und das Gesicht ab, mehrmals, bis der Staub entfernt ist
4. er reinigt Arme, Körper und Beine nacheinander in derselben Weise
5. er reinigt den Schlitten

Auf einem zweiten kleinen Tisch - am Kopfende des Schlittens - breitet er das Gepäck aus, die Schale mit dem restlichen Wasser und das Tuch, das er zur Säuberung verwendet hat, fügt er hinzu.
Er legt sich neben Tutein.
Zunächst misst er seine Länge im Vergleich mit dem eigenen Körper. Er streckt sich in der gleichen Weise aus

wie Tutein: auf dem Rücken, den Blick nach oben gerichtet, die Arme neben dem Körper, auch die Beine. Das Messen geschieht ohne ein Maßband. Es dauert eine Weile. Beide still nebeneinander. Über ihnen das hell erleuchtete Dach des Zeltes.

Tutein ist annähernd so groß wie Enu.

Er legt sich auf Tutein, drängt sich an ihn, Kopf an Kopf, Leib an Leib bis hin zum Fuß, und merkt, dass er nicht ganz an ihn herankommen kann. Es bleibt ein Rest, der nicht ausgefüllt werden kann, auch wenn nichts mehr zwischen ihnen Platz hat.

Er versucht zu begreifen: was Tutein ist, wer Tutein ist.

Nichts sonst ist im Raum.

Enu richtet sich auf.

Er stellt sich hinter Tuteins Kopf.

Tutein
Ich bewege mich auf einer schmalen Treppe ohne Halt nach oben. Die Treppenstufen sind sehr lang, aber gleichzeitig ungemein schmal, möglicherweise aus Glas. Mein Liebhaber ist Arthur Rimbaud. Draußen im Gras unter einer Decke, einer Bettdecke sind wir zärtlich miteinander, er hat einen Anzug an, ich ein Abendkleid mit einem sehr tiefen Rückenausschnitt. Ich streichle über seinen Kopf, was er nicht will, er will, dass ich die Haut seines Halses oben am Rücken berühre. Wir liegen dort in verschiedenen Stellungen, über einen längeren Zeitraum. Mal nebeneinander, mal habe ich den Kopf auf seinem Oberschenkel, und wir plaudern einfach so miteinander. Leute stöbern uns auf. Eine Art Verfolgung beginnt. In einem alten Gebäude - im unteren Geschoss, hallenartige hohe Räume bzw. Räume, die in der Höhe Hallen gleichen - kann ich mich verbergen. Die Wände sind auffällig, zumindest sind sie von Bedeutung. Es findet eine Probe

statt oder sie soll stattfinden, aber auch hier gibt es eine Gefahr. Ich packe aus Schränken meine Sachen zusammen - in undeutlicher Weise ist meine Schwester da - und fliehe, da mir droht, dass mich große Ratten, die eigens auf mich angesetzt werden, zerfressen. Ich steige auf einen geisterhaft scheinenden Zug, der eigentlich nur aus einem Abteil besteht, ohne Lok, ohne Antriebskraft, aber mit rasender Geschwindigkeit durch die Wälder fährt. Schon nach kurzer Zeit weiß ich, dass ich, obwohl ich alleine bin, das Übel mit mir schleppe. An der Rückfront schaue ich zur Tür hinaus, auch an der Seite, um zu sehen, wie schnell der Zug fährt. Obwohl er eine große Geschwindigkeit hat, springe ich einfach, renne davon, in den Wald hinein. Aber schon sind sie hinter mir her, eine Meute von weißen Riesenratten, ungefähr vier. Eine springt mich an, beißt zu, in der Nähe des Halses, vielleicht auch in die Brust, krallt sich fest. Angst überfällt mich, absolute Aussichtslosigkeit, da nähern sich schwarze kleinere Hunde, die die Aufmerksamkeit der Ratten auf sich ziehen, sie lassen von mir ab, die Hunde fallen über die Ratten her, alle verschwinden in einem Dorf oder einer hellen Örtlichkeit, Wärme von elektrischen Lichtern kommt und auch Menschen sind da. In der Stadt am Berg - ein steiler Berghang - finde ich ein Gefährt, eine Art Rutsche, die man bewegen kann wie einen Schlitten. Es geht darum, diesen Berghang hinunterzurutschen. Ich will mich nicht darauf setzen, ziehe aber das Gefährt an einer Schnur. Dann an einer Stelle, wo es sehr steil abwärts geht, wage ich es doch. Ein Mann soll mit mir fahren, vielleicht ist es wieder mein Geliebter, auf jeden Fall wünsche ich seine körperliche Nähe. Er tut es nicht, er ist auch gar nicht sichtbar. Wellen kommen aus der Erde und werden größer und größer. Ich hole zwei Kinder - möglicherweise vom Bahnhof - ab. Ungefähr 8 Jahre alt. Eins davon ist mein Kind. Sie haben ihr Gepäck dabei und tragen es selber. Der eine Fremde zieht es hinter sich her. Es ist ein Koffer auf Rädern, auf der Rückseite ist ein Bild? eine Schrift? oder umgekehrt.

2
Schrift

Bild

Tutein wird aufgerichtet. Vor ihm werden auf einer Tafel seine mitgebrachten Schriftstücke ausgebreitet, so dass er sie anschauen kann. In seinem Gepäck befindet sich nichts anderes.

Ein Text nach dem anderen wird ausgelegt, alle Texte ergeben zum Schluss eine Tafel, die auch als Projektion hinter dem Zelt an der Rückwand der Bühne zu sehen ist. Tutein sitzt davor, immer noch auf dem Schlitten, auf dem er gekommen ist. Er braucht nicht gestützt zu werden. Enu tastet die Buchstaben mit einem Stab ab.

Tutein liest, kann aber nicht verstehen.

Tutein
Ich habe vergessen, was ich suche.
Aber immer wieder bin ich in diese Suche verwickelt. Entweder in Räumen oder auf Wegen, die ich nicht genau ausmachen kann, von denen ich nichts weiß und die ich trotzdem beschreite, auf denen ich entlanggehe. Jemand verfolgt mich, aber es ist nicht zu erkennen, um wen es sich handelt, ob er von irgendwoher kommt. Ich kann die Dinge konstruieren, in einen Raum hinein planen. Sie sind dann gedacht. Ich betrete eine alte Schwimmhalle. Am Ende ist eine Art steiniger, sandiger Grund, auf dem ich jetzt mit einer Gruppe von Menschen stehe und beobachte, wie die anderen schwimmen. Ich sehe es in allen Einzelheiten. Man darf dort nicht mit den Schuhen stehen. Wir ziehen sie aus und verlassen die Halle. Ich bin nicht ich, sondern eine andere Person.

Äußere Beschreibung: pockennarbig, mit mehreren jüngeren Geschwistern und einem tyrannischen Vater, unter dem alle leiden. Die Familie lebt an einem seltsamen Platz, ruinenhaft, es stehen nur noch die Grundrisse der Häuser. Alles befindet sich mehr unter der Erde als auf ihr. Es gibt hier - und das passt nicht in die Szenerie - einen Metzgerladen. Die Kinder wollen fliehen, in ein anderes Land, an einen schöneren Platz. Die Auswanderung erinnert an die Bibel. Sie ist nur vorgestellt, findet real nicht statt und wird auch letztendlich für unmöglich erachtet. Man will auf den Tod oder das Verschwinden des Vaters warten.

Die Farbtöne: braun, schwarz ohne jede Auflockerung.

Wohnungen, in einer merkwürdigen Stadtanlage am Meer, verlassen, der gleiche braune Ton überall, an den Wänden, innen und außen. Ich bin in einer dieser Wohnungen, wechsle den Raum, weil der eine zu klein, zu eng ist, vor allem weil es dort Kakerlaken und Mäuse gibt, gehe in einen zweiten, wo es eigentlich noch viel enger ist. In dieser Stadt leben offenbar die Aussätzigen, die vom Tode Gezeichneten, ich bin noch nicht infiziert, aber die Räume sind arg verkommen, an meinen Fingern zeichnen sich die Nägel an den oberen Rändern weiß ab, aber sie halten noch. Ein merkwürdiges sieches Zusammensein mit einem Mann, nur noch die Idee davon. Auf dem braunen Feld. Erde. Wieder Wechsel in die Innenräume. Die Nägel sind abgefallen. Der Körper verfällt. Das Ende naht. Die Königin kommt. In einer Prozession – wie an Fronleichnam - nähert sie sich. Ich liege auf der Erde in einer Art Todeskampf und kann mich kaum noch bewegen. Ein kurzer Blick nach oben. Ich will sie sehen. Der letzte Blick. Werde wieder in die Erde geworfen. Und wieder ein Stück weiter versetzt. Spüre die Erde zwischen meinen Zähnen.

Am Strand, Meer, angespült werden 2 Personen.

Eine davon bin ich. Mann oder Frau? Ich versuche die Frau zu erschlagen - sie blutet schon, müsste schon lange tot sein -, schaffe es aber nicht und bin auch wie gelähmt. Ich lebe mit einem Mann zusammen. In seinem Zimmer lehnen einige Platten aus Holz, ich höre Geräusche, es scheint so, als sei dort jemand. Ich suche, finde aber nichts. Streit. Ich schlage mich mit ihm, versuche ihn zu schlagen, schaffe es aber nicht, versuche ihn an der Stirn zu treffen. Er geht oder ich! Ich sehe jetzt alles wie einen Film, eine blonde Frau, die offenbar ich bin, schminkt sich, setzt sich eine dunkle Brille auf und arbeitet in einem Bordell. Die Arbeit wird nicht gezeigt. Es geht um die Erziehung eines Kindes. Ich habe ein Kind.

3
Tutein wird getragen

Bild

Enu nimmt Tutein auf den Rücken, so dass er sieht, wie Enu sieht.
Er schreitet mit ihm alle Stationen ab.
Sie beginnen im Raum hinten rechts und bewegen sich dann langsam in einer Art Kreis vorwärts.
Die Stationen sind
1. das Zelt
2. die Schrifttafel
3. Fluss
4. Erdmaterial
5. Eisbrocken
6. Schlitten

Unermüdlich geht er mit ihm. Kurzes Einhalten, wenn eine Station erreicht ist, Anschauen und Aufnehmen. Tutein lastet schwer auf ihm, dennoch richtet er immer wieder Tuteins Blick auf die einzelnen Stationen, konzentriert sich gemeinsam mit ihm, atmet ein, atmet aus, geht weiter. Nachdem er sich endlos mit ihm im Kreis bewegt hat, seine Arme und Beine schwer geworden sind, bleibt er am äußersten Rand stehen.
Er legt Tutein auf der Erde nieder.

Tutein
Zwei Mädchen trinken in irgendeiner verworrenen Stadt Frostschutzmittel. Die Gefahr einer inneren Verletzung besteht. Ich rufe den Notarzt.

Ein Mann geht in einer Brucheislandschaft unter. Er droht zu ertrinken. Ich rufe ihn. Er braucht dringend Wärme. Wie soll ich das machen? Eine junge Frau: ich streichle über ihr Gesicht und sage ihr, dass sie schön ist und dass ich sie mag oder liebe. Vorher oder nachher verbirgt sie sich oder ich mit ihr in einer Art Kabinett. Alles ist aus Holz. Sie hat einen kleinen Hund bei sich, ich signalisiere ihr, dass sie ihm die Schnauze zuhalten soll, damit er uns nicht verrät, vorher war er hinter der Abschirmwand zu sehen. Neue Sequenz: Russisch-orthodoxe Zeremonie. In einem Zimmer, 2 Frauen, weiblich mit Kerzen auf dem Kopf, bewegen sich durch das Zimmer wie Models, aber doch wie bei einer religiösen Zeremonie - Schweden, Lichterfest - weiße Kleider, braune Haare, schön, aber bis oben hin zugeknöpft. Zuschauer im hinteren Teil des Raumes, wo ich sitze und alles beobachte. Auf einem Stück Land, wie in den luftleeren Raum hineingesetzt, ist eine andere Szene zu sehen. Eine Gegend mit einem ruinen- oder kulissenhaften Bau, ähnlich einer Dali- oder Buñuellandschaft. Eine mittelalterliche Hollywoodkulisse. Links rankt sich eine sehr grüne Schlingpflanze die Mauer hinauf. Im Vordergrund Menschen, eine Art Wandertruppe, oder Menschen, die zumindest so leben, zwei Gruppierungen, die eigentlich nicht zusammen-gehören, nämlich Eltern links und mein Geliebter rechts, der Mann, mit dem ich zusammen bin. Dazwischen oder davor eine Badewanne bis oben gefüllt mit schon be-nutztem Wasser. Ich habe darin gebadet. Außerhalb von mir lauert eine schrille Angst, die mich anspringt wie ein wildes Tier. Ich weiß nicht, wer ich bin, wo ich bin, ob es ein ICH überhaupt gibt, erkenne aber diese Angst. In dem Hotel in einem der oberen Stockwerke - es ist ein Hochhaus - sind die Zimmer alle belegt. Da ich hier übernachten will, brauche ich ein Zimmer. Man wird mir eins geben, für den halben Preis. Eines, das schon belegt ist. Auf dem Bett liegen viele Schuhe, gebrauchte Schuhe, und auch sonst sieht man überall die Spuren des Inhabers. Draußen um das Hotel herum, das nun auf ebener Erde liegt - eine hügelige Landschaft kesselt diese Hotelbaracke ein -, finden Fallschirmübungen statt. Die uniformierten Soldaten springen die steilen zerklüfteten Berghänge hinab, dabei stürzen sie sich direkt in die schroffen Felsen. Am Dom gäbe es auch noch ein Hotel mit Zimmern, damit bin ich aber nicht einverstanden. Nachher oder vorher wird in einem großen Haus ein Fest veranstaltet, aber es gibt nicht genug zu essen. Die Leute werden in Parzellen abgefüttert.

Verfolgung und pausenloses brutales Ermorden von Menschen mit der MP, so dass sie noch eine Weile leben und zucken und dann einfach mit der Pistole im Berg hängen. Ich werde bedroht. Jener Unbekannte verbirgt sich in dem Zimmer, in dem ich bin. Ich kann ihn nicht genau ausmachen. Er kann plötzlich und unmittelbar vor mir stehen, um mit mir zu kämpfen. Ich bin dazu bereit. Ich muss. Mein Leben hängt davon ab.

Plötzlich ist er da mit dem Messer in der Hand. Ich verteidige mich, kämpfe gegen ihn, schütze dabei mein Kind. Es soll sich auf den Boden legen.

Dieser Mann verwandelt sich in etwas höchst Explosives: in einen brodelnden Topf, ein Kopfbild - das alles unter mir auf dem Boden zerstört -, eine schwarzhaarige Frau, ein schönes junges Mädchen.

Ein schrecklicher Mann. Einer, der Kindern Gewalt antut. Auch mir. Ich fürchte ihn.

4

In den Flüssen

Bild

Beide sitzen am Ufer des Flusses. Nichts sonst: das Wasser, die Dunkelheit und im Hintergrund die verschwindende Schrift und der Eisberg.
Enu hat Tutein begleitet.
Er öffnet Tuteins Mund, nimmt seine Zunge heraus, steckt ihm einen Finger in den Hals. Er klopft mit beiden Händen auf Tuteins Brust. Dabei berühren beide Handflächen den Brustkorb.
Er legt ihn auf den Rücken, wiederholt die gleiche Prozedur, wendet ihn wieder um, Trommelschläge in der Luft, Erschöpfung bis zum Tode.
Das Gefäß mit Wasser, mit dem er Tutein bei seiner Ankunft reinigte, wird auch für das Wasser verwendet, das Tutein erbricht.
Enu öffnet die Adern an Tuteins Hand.
Vorsichtig bohrt er jeweils eine Stelle an jedem Handgelenk auf, hält die Schale darunter, um die Flüssigkeiten aufzufangen. Langsam blutet Tutein aus.
Es folgt dann nach Stunden des Wartens - auf den Fluss schauen, das Wasser steht - der Einschnitt in den Hals. Über der Schale Tutein. All mein Sehnen, all mein Denken soll der schwarze Lethefluss ertränken.
Bleich sein Antlitz zu Beginn der Nacht.
Noch ist nicht alle Flüssigkeit entfernt.
Er hebt Tutein auf beiden Armen ins Wasser, ohne es dabei zu berühren.
Die Schale mit dem Wasser und Blut Tuteins gibt er ihm bei.

Leicht liegt Tutein auf der Wasseroberfläche, gleitet durch das stille Wasser.

Nicht dunkel und unheimlich der Fluss, sondern unwirklich.

Enu steht am Ufer und wartet. Aus Faden webt er ein zartes Gespinst, das sich vor ihm auf dem Boden ausbreitet und ihn zum Ende hin einhüllt.

Fluss und Mensch einen sich, darüber die Nacht.

Bis zum Morgen wartet Enu am Ufer des Flusses.

Dann wirft er das Netz über ihn aus und holt ihn zurück.

Tutein

Nächste Sequenz: Ein Kind begeht Selbstmord in einem Wasser, es ist mein Kind, das Wasser ist möglicherweise nur eine Pfütze, aber es kann hinein und ich muss es wieder herausziehen, obwohl auch der Selbstmordversuch misslingt. Ich drehe es um, mit dem Kopf nach unten, schlage auf den Rücken, damit es das Wasser erbricht, es erbricht aber nichts, lebt, ich nehme es in die Arme, wärme es, will es behüten und schützen. Mir wird klar, dass meine Versprechen nicht ehrlich sind. Ich springe in ein Becken in einer Schwimmhalle, deren Türen leicht verriegelt sind. Die Halle liegt im Finsteren. Ich springe in das Wasser und bin wie ein flugschneller Pfeil. Ich gleite mit einer atemberaubenden Geschwindigkeit hindurch, ohne die geringste Mühe, ohne den Körper auch nur zu bewegen. In Sekundenschnelle bin ich an der hinteren Wand des Beckens angelangt, wende, indem ich in die Rückenlage gleite. Nicht mehr ganz so schnell, auch nicht so mühelos - ein paar Schwimmbewegungen sind nötig, aber nur sehr wenige - durchquere ich auch in dieser Lage extrem schnell das Becken, wende wieder, gleite wieder vorwärts und so fort. Zwischendurch verlasse ich das Schwimmbecken und die Halle, kehre aber wieder zurück, um immer wieder neu festzustellen, wie elegant, wie schnell ich mich in diesem schönen Wasser bewegen kann. Die Schlösser an den Türen ähneln denen meines Schrankes, sie sind leicht, mehr dem Anschein nach als tatsächlich. Eine Landschaft durchzogen mit Flüssen, Kanälen und riesigen Seen. Häuser, schmal, zwischen den Kanälen. Ich bin auf der Flucht, ich muss mich verbergen, gehe in viele verschiedene Gänge und Räume, offene Türen, um mich dahinter zu verstecken, durchschreite sie, aber es ist sinnlos. Sie erkennen mich, obwohl ich sie nicht erkenne. Nichts kann Schutz bieten. Inzwischen sehe ich in rasender Geschwindigkeit, verfolgt von einem anderen Mann, auf einem Fluss mich bewegen, ich habe mich in einen Mann verwandelt, ich tauche unter, man schreit mir zu, dass es wilde Strömungen gibt und ich mich dort nicht aufhalten kann. Geradezu distanziert und unberührt verfolge ich meinen eigenen Untergang im strömenden Wasser.

5
Feuer

Bild

Enu baut ein hohes Gestell aus Holz. 4 Arme breiten sich zur Decke hin aus. In der Mitte etwa werden sie miteinander durch ein Band verbunden. Mehrmals wird es um die einzelnen Äste gewickelt, eine Harztinktur in bestimmten Abständen darauf gestrichen, die die Verbände härtet. Die Harztinktur ist aus dem zweiten Gefäß und goldgelb wie Schellack. Oben öffnen sich die Äste und bilden ein offenes Rechteck, etwa 2 m mal 70 cm breit.

Enu nimmt das Netz und verbindet die vier Äste miteinander, so dass eine Tragfläche entsteht, in die Tutein gelegt werden kann.

Etwas entfernt davon facht er in einer kleinen Wanne ein Feuer an. Alle Materialien, die übrig geblieben sind, werden verbrannt: Holz von den Ästen, Verbandsmaterial, Reste der Harztinktur.

Ein heißer Luftstrom entsteht und zirkuliert im Raum, dringt von unten langsam nach oben vor, erhitzt Tutein und sinkt wieder zu Boden. Das Wasser verdampft. Sammelt sich hoch oben im Raum und kehrt dann zur Erde zurück.

Tutein
Ich gehe, ich verlasse ihn für immer.
Er folgt mir nicht. Ich bin todtraurig und verzweifelt.
Ich fahre mit dem Auto hinunter in meine Stadt, sie sieht aber anders aus, erinnert an Bagdad oder vielleicht Beirut. Es ist, als lagere unter der einen Stadt die andere. Unklar, welche es ist. Ich suche mein Zuhause, kann es nicht

finden, verirre mich. Beim Suchen schaue ich auf Straßenschilder. Ich kann mich an die Buchstaben-kombinationen „an", „al", überhaupt viele a's in den Straßennamen erinnern. Eine Frau auf einem Platz, ich glaube, sie arbeitet dort, der Platz ist in einem anderen Teil der Stadt gelagert, entgegengesetzt meinem Zuhause, links aus der Perspektive des Grundstückes. Sie ist dunkelhaarig, mit kürzeren, aber nicht kurzen Haaren. Sie hat Postwagen, mit denen Pakete normalerweise ausgetragen werden. Die Wagen sind leer, sie fährt mit ihnen vor ein Haus, die Post. Nicht dass es darauf stünde, aber es ist die Post, im Wald, in der Natur, in der Einsamkeit. Die Frau fährt mit mir in einer Straßenbahn zurück. Diese erinnert an Wien, ist alt, aber von hoher Qualität, über steile Wege geht es, rechts gibt es Abgründe, der Weg ist sehr schmal und gefährlich, dann durch grüne Landschaften, gebirgig. Ich komme zu Hause an, an dem Platz, von dem ich glaube, dass er mir bekannt ist. Ich bin nicht ganz sicher. Ein Bus hält, ein städtischer Bus, die elektrische Tür öffnet sich nach beiden Seiten hin - ein Junge, eigentlich schüchtern, aber in dem Alter, in dem Halbstarke sind; es ist mein Junge - soll aussteigen, aber er will nicht. Irgendwo ist dieser Mann, aber nicht zu sehen. Ich reite zurück auf einem Pferd durch den Wald, vielleicht gehe ich auch durch den Wald, auf jeden Fall fliehe ich durch einen Urwald, wie er in Deutschland vielleicht früher einmal war. Ich komme zu einer Schlucht, muss abrupt stehen bleiben. Unten in der Schlucht liegen vier Pferde im klaren Wasser, sie haben die Beine weit von sich gestreckt, sie scheinen tot zu sein, obgleich sie sehr schön, sehr kräftig, sehr lebendig aussehen. Daneben liegt ein Mädchen in einem weißen Kleid wie aus dem England des 19. Jh.: mädchenhaft, unberührt, weißer zarter Kleiderstoff, halblanges braunes Haar. Auch das Mädchen schläft oder ist tot. Unten im klaren Wasser in der

Schlucht wie konserviert. Ich fliehe weiter. Es gibt noch zweimal einen Halt. Beim ersten - auch mitten im Wald - wird ein Bild gewebt. Ich kann es nicht mehr erkennen. Was beim zweiten Halt geschieht, kann ich nicht sagen. Ich habe es vergessen.

6
Tutein und der Vogel

Bild

Auf dem Eisberg sitzt der Vogel. Ein Schrei hat ihn angezeigt. Sein Kopf bewegt sich unruhig hin und her. Sein Blick ist leicht verwundet. Tutein liegt zu seinen Füßen.

Tutein
Ich will mit einem Flugzeug fliegen.
Mit einem merkwürdigen Gefährt werden die Passagiere zum Flugzeug gebracht. Alle außer mir kommen mit einer Fahrbahn an Bord oder gehen normal über die Treppe. Ich bin die Letzte. Man sagt mir, dass ich über einen anderen Weg dorthin käme. Oben im Fahrzeug ist eine Art Schleuse, Sogschlauch, dasselbe am Flugzeug. Ich werde durch den ersten Schlauch gezogen und hänge dann zwischen Flugzeug und Fahrzeug. Wenn ich den Kopf in den Schlauch des Flugzeuges stecke, drohe ich zu ersticken. Ich weiß, dass mich oben freier Sauerstoff erwartet, der zwar gut ist, aber für mich der Tod sein könnte, da ich nicht gewohnt bin, diese Luft zu atmen. Insofern fürchte ich mich vor zwei Gefahren:
Tod durch Ersticken
Tod durch die freie Luft.
Ich kenne Techniken, die mir den Sog ermöglichen würden. Aber ich habe zu viel Angst, das Wagnis auf mich zu nehmen.
Ich will irgendwohin fliegen, in ein Land, das einem riesigen Parkplatz gleicht.

Die Straße, auf der die Autos geparkt sind, erinnern an die Heimat meiner Mutter. Vor dem Flug habe ich Herzklopfen bis zum Halse, bis ich entscheide, nicht zu fliegen.

Finster der Himmel, große dunkle Wolken, Angst vor der Überschwemmung.

Ich fliege, weiß aber vorher schon, dass ich abstürzen werde. Ein Mann begleitet mich. Ich sehe das Flugzeug nach dem Start in der Luft. Pferde - wie bei einem kostbaren Fuhrwerk - sind davor gespannt. Sie strampeln, können aber keinen Widerstand leisten, so dass das Flugzeug abstürzt. In einen Kanal. Der Kanal ist überbaut, so dass das Wasser unterirdisch fließt. Das Flugzeug stürzt in eine Lücke und taucht wieder auf, ich kann wie bei einem U-Boot aus der oberen Luke aussteigen.

In einer Landschaft mit drei Flüssen. Zunächst bin ich nur an einem. Kaum zu beschreiben. Dann - zwischendurch ist sehr viel passiert - muss ich einen anderen überqueren. Es gibt eine Art Hängebrücke, die aber nicht betreten werden kann, auf der man mehr oder weniger hinüberrutschen oder -robben muss. Der Weg gleicht einem etwa 20 cm breiten Gebilde, das nicht aus Holz ist, eher wie ein dickeres engmaschiges Netz erscheint. Eine weitere Schwierigkeit kommt hinzu, das Netz klappt beim Überqueren um, so dass es eine Verlängerung des Seitenhaltes darstellt, der Boden unter den Füßen aber gänzlich verschwindet. Darunter ist ein strömender Fluss, wild und unberechenbar. Die Landschaft ist trotzdem schön, wenn auch ein wenig surreal. Es gibt noch einen dritten Fluss. Es geht auch um einen Text, den ich zu schreiben habe, aber nicht schreiben kann.

Ich kann fliegen. Ich breite meine Arme aus, hebe ab und fliege über das Land. Ich kann so das Land in weiten Teilen überblicken. Ich liege in der Luft.

Das Land darunter ist finster. Ich reise durch das Land, ich gehe zu Fuß, es liegt Schnee, das Land ist schwer zugänglich, Wald, zerklüftet.

7
Tuteins Reise

Bild

Tutein liegt alleine auf seinem Schlitten links im Raum.
Über ihm die Sterne.
Seine Reise führt vom Mond zur Sonne, über die Nacht
hin zum Tag und wird dann wieder von vorne beginnen.
Links oben ist der sichelförmige Mond, rechts oben die
Sonne als Gestirn zu sehen.
Der Schlitten kann an einer Schnur gezogen werden und
wird es auch, von unsichtbarer Hand.
Wieder ist Tutein ein Gepäck beigegeben, dieses Mal das
Buch, das sowohl seine Erinnerungen enthält als auch die
Bilder der anstehenden Reise: den Sonnenlauf, das
Wiederaufleben am Morgen, den Tagesablauf und das
abendliche Hinabsinken in einem einzigen Bild in immer
neuen Variationen.

Tutein
Ein opulentes Haus, großartig, Jugendstil, irgendwo ein
öffentlicher Baderaum, viele Menschen baden, auch ich.
Ich bin in einer Stadt, Moskau oder St. Petersburg. Durch
die Straßen oder Kanäle fließt Wasser, schwarz, stürmisch
und dunkel, undurchschaubar.
Ich komme zu einem Bäckerladen. Einer, der bei mir ist,
kauft ein Stück Kuchen, ein kleines Stück, schwer wie
italienischer Nachtisch. Er bezahlt 28 DM, ich kaufe auch
eins, es kostet 22 DM, das scheint mir übertrieben teuer,
so dass ich beide zurückweise, das für den Freund und das
für mich.

Im Zimmer eines Pfandleihers, klein, mit schütterem Haar, halber Glatze, dunklem Haar, dünn; er geht zu seinem Buch auf dem Schreibtisch. Ich sitze im Schaukelstuhl, halbnackt, eine Bettdecke um mich gehüllt. Er schreibt, er erinnert nur an einen Pfandleiher. Dritte Szene: In einem dunklen kirchenähnlichen Raum, es scheint Mosaikfenster zu geben, durch die das Licht dunkel und eilig dringt, stellt jemand einen Krug in die Mitte zwischen uns. Der Krug zerbricht. Ich tausche ihn aus, gegen einen anderen, kostbareren mit einem blau-goldenen Ornament oben am Rande.

Ich statte die Dinge um mich herum mit Leben aus, ich benenne sie und gebe ihnen Farbe. So werden sie finster oder hell, geben mir Wichtigkeit oder furchtbare Schwere. Schrill elektrisiert können sie schreien, mich einengen wie in einem Hochsicherheitstrakt.

In einer riesigen Halle. Glatte Wände, grau-beige - undefinierbare Farbe, die Decke ist nicht zu erkennen. Etwa in der Mitte des Raumes, vor mir, ein sonderbares Schauspiel: die Sonne sichelförmig (vielleicht ist es auch der Mond, aber es scheint ein Planet zu sein, der selber Energie produziert, glühend vor Feuer) bewegt sich in einer sonderbaren Anordnung, ein Stück nach unten rechts, dann wieder zur gegenüberliegenden Seite - manchmal vom Feuer lebendig goldrot, dann nur noch in den Konturen erkennbar - bis hin zur letzten Formation, nämlich dem Verschwinden in der Erde: Weltuntergang, die Sonne in einer sehr gleichförmigen Raum- oder Zeitdelle des Universums. Ich bin weit davon entfernt. Der jene Choreographie schuf, muss Gott selber gewesen sein. Das Ganze erinnert an die Zukunft. Ich fliehe vor diesem Untergang, was absurd ist, verschwinde hinter einer hölzernen Tür, die einer Speichertür ähnelt. Auf dem Boden sind kleine embryonale Ratten. Ich liege dazwischen. Es ekelt mich, es ist widerwärtig.

Am Ufer des Meeres steht das Volk der Juden, in einer Art Doppelformation aufgestellt. Man kann sie an ihrer Kleidung, an ihren Bärten und vielleicht auch Hüten erkennen. Sie schauen auf das Meer, demütig, wissen aber genau, was auf sie zukommen wird. Ich bewege mich zwischen ihnen, bin nackt und gehe gebückt. In nichts gleiche ich ihnen.

Die Flut kommt heran. Die Welle, die dunkle Woge ist unvorstellbar groß und schwarz. Sie wird das ganze Land überfluten. Gewaltig und unabwendbar.

Zeichnungen

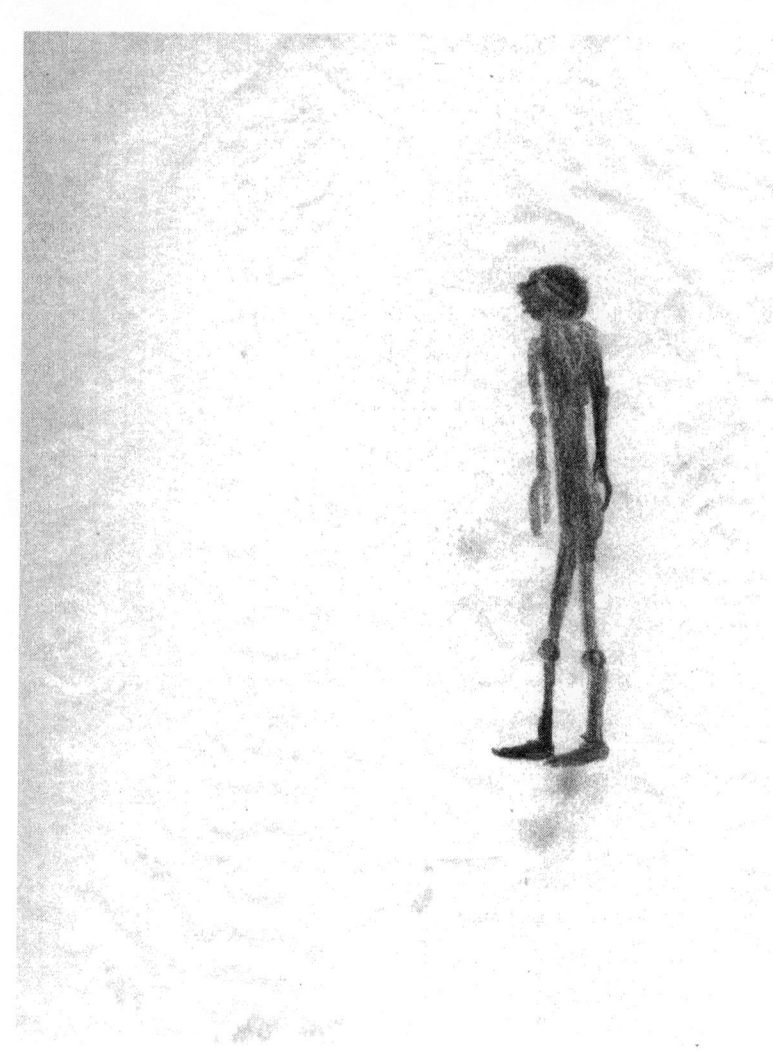

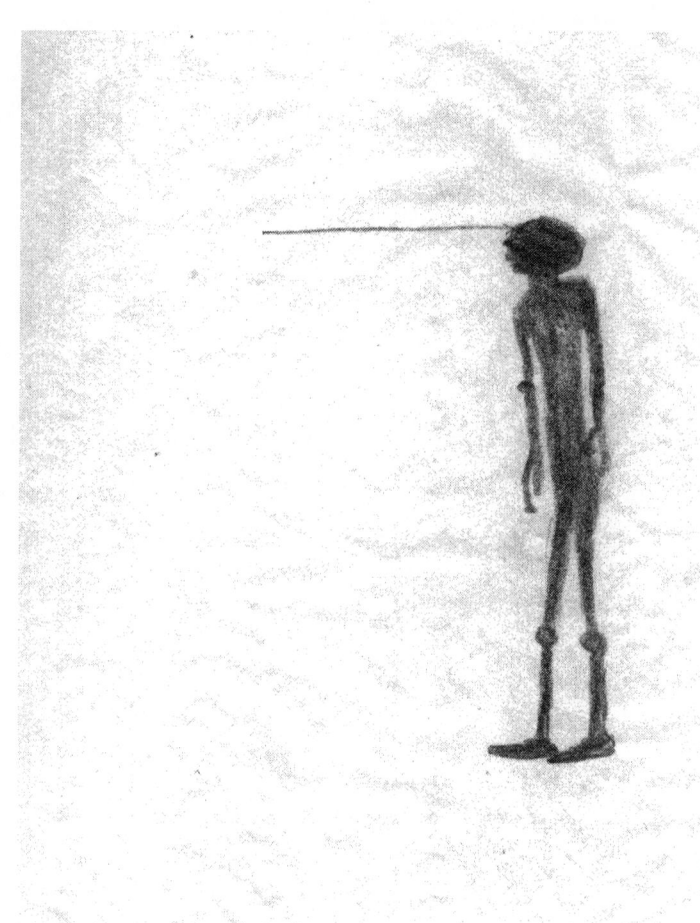

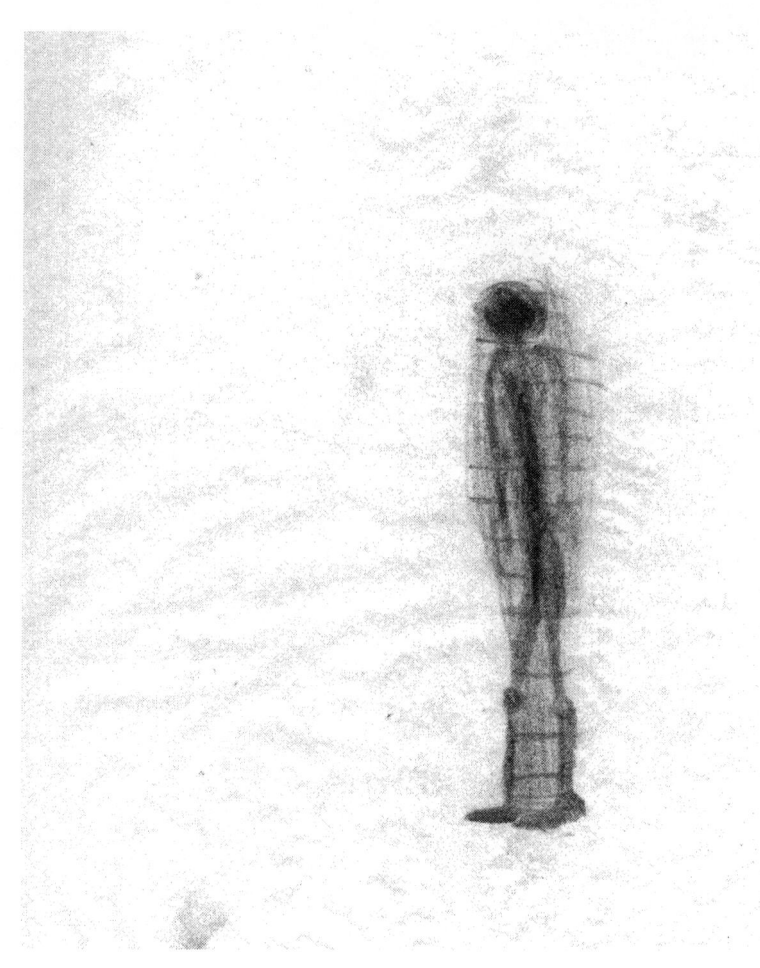

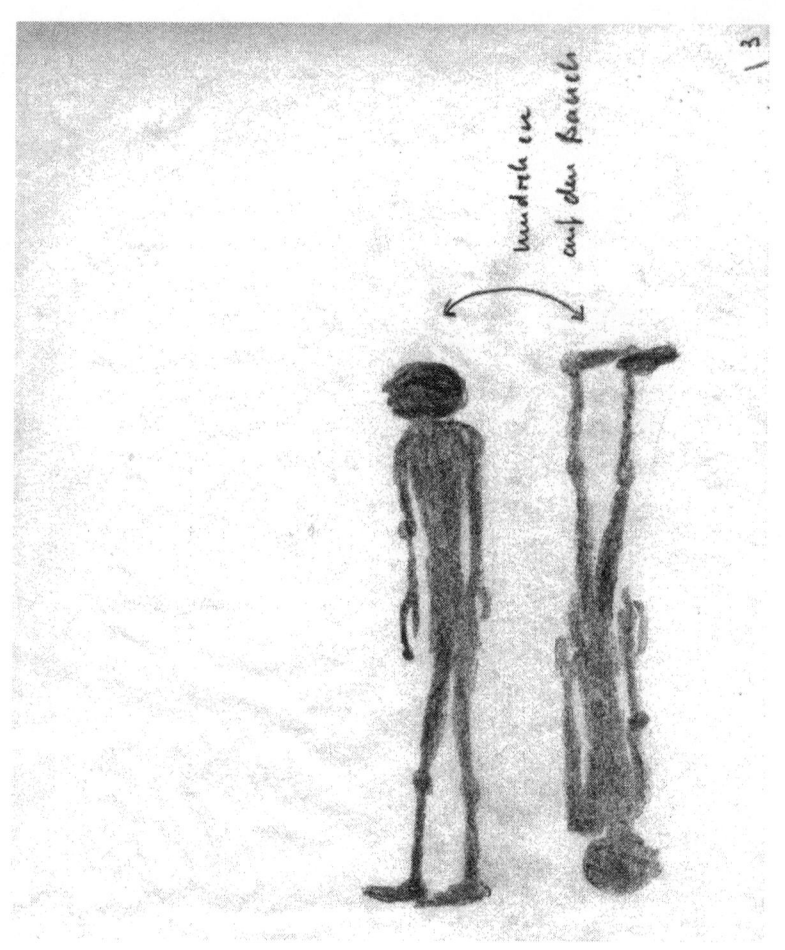

43

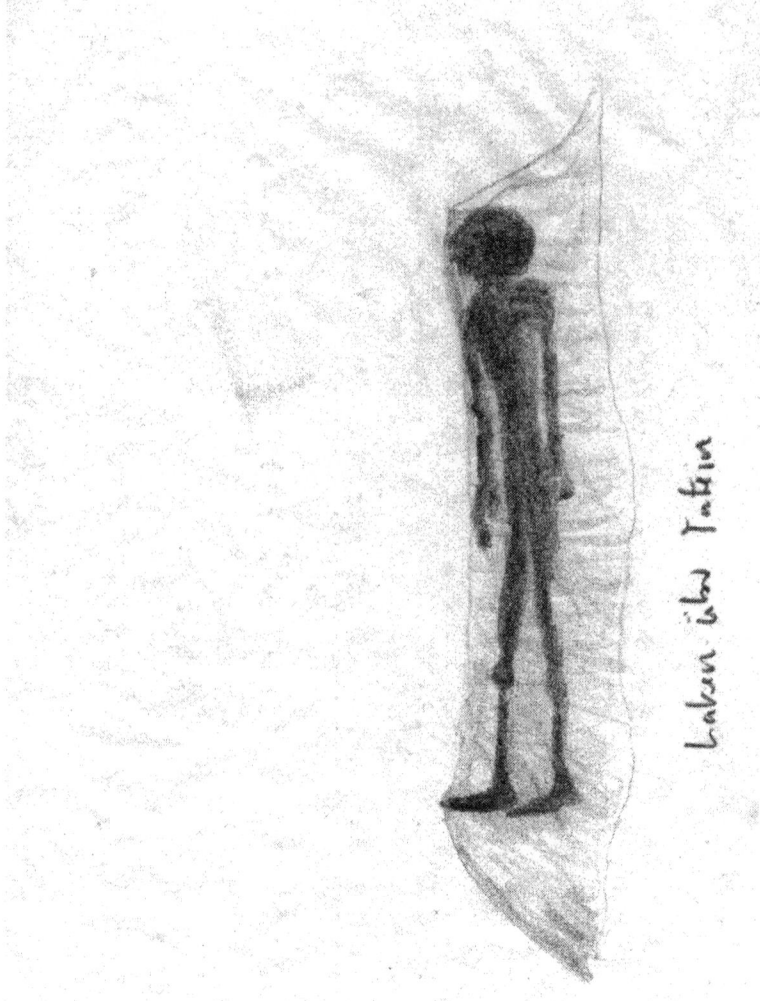

Laken über Totum

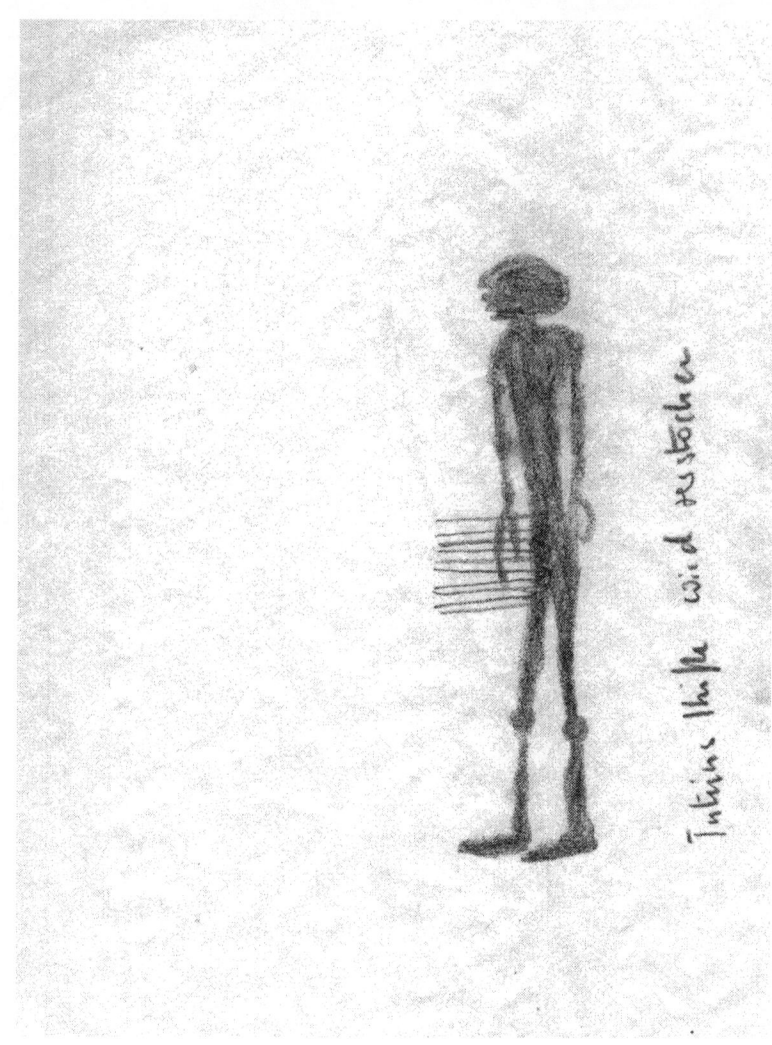

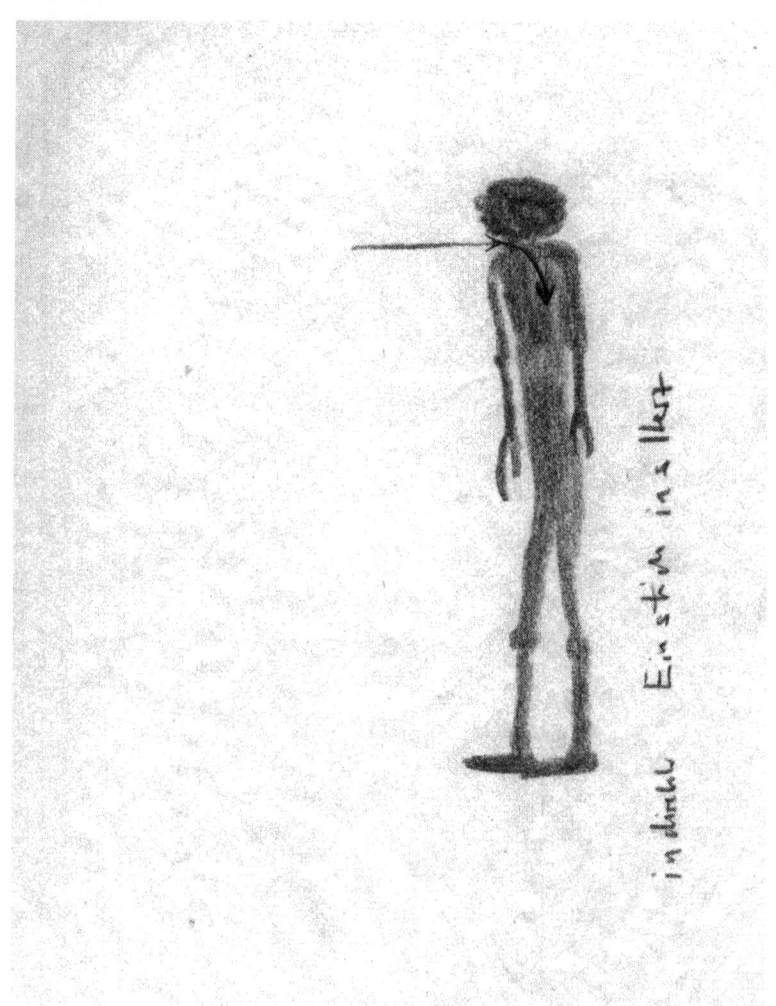

in dieser Einstein in ski Höhe

51

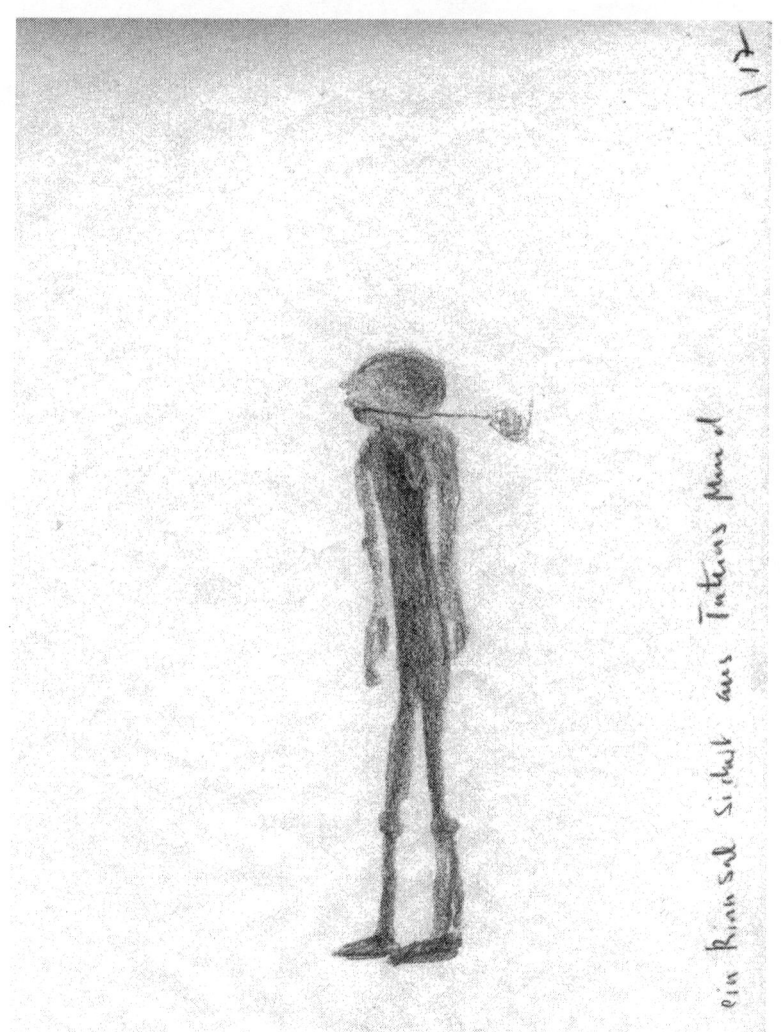

ein Riminell Sichst aus Taters Mund

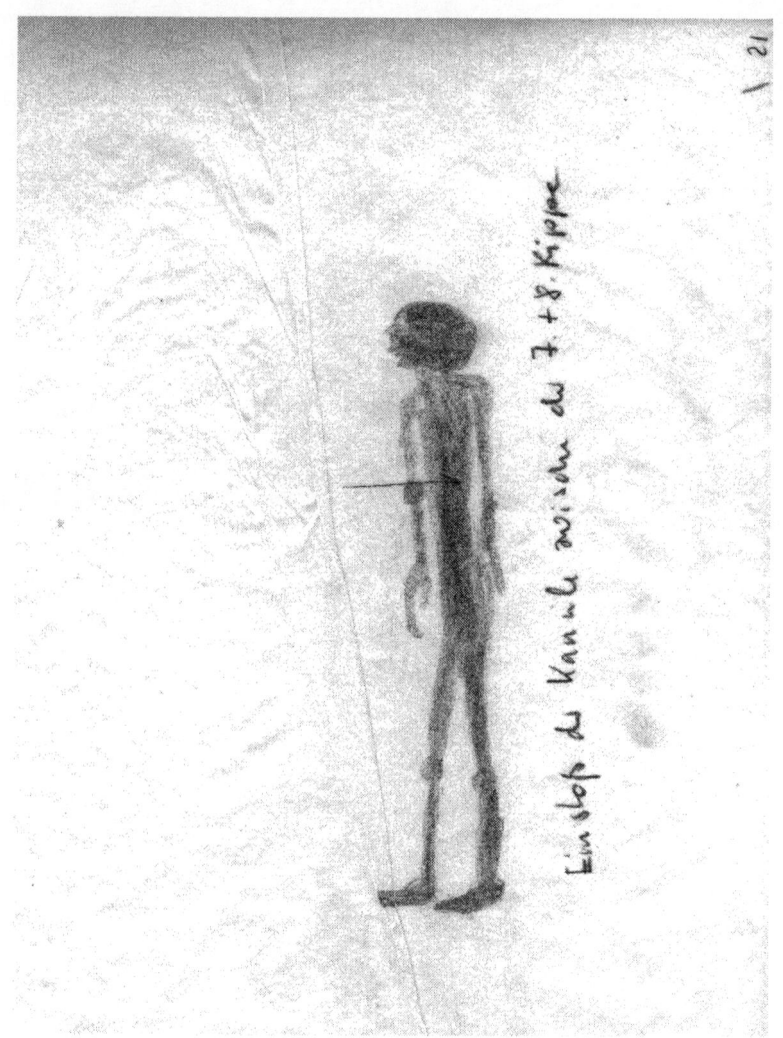

Einstich d. Kanüle zwischen d. 7.+8.Kippe

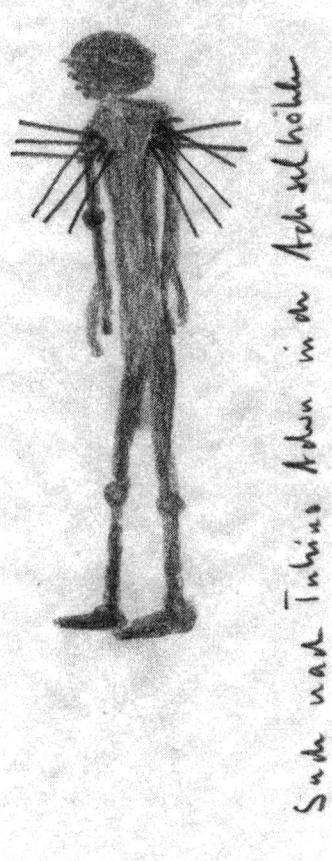

Stab nach Tobias Ahlers in der Adventshöhle

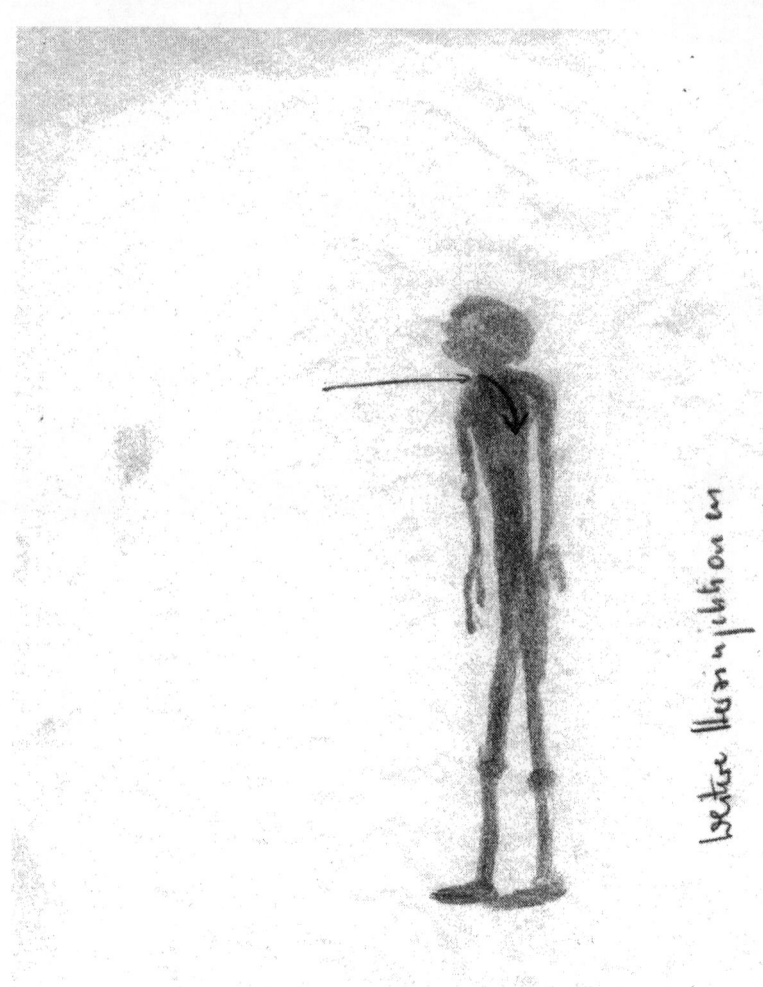

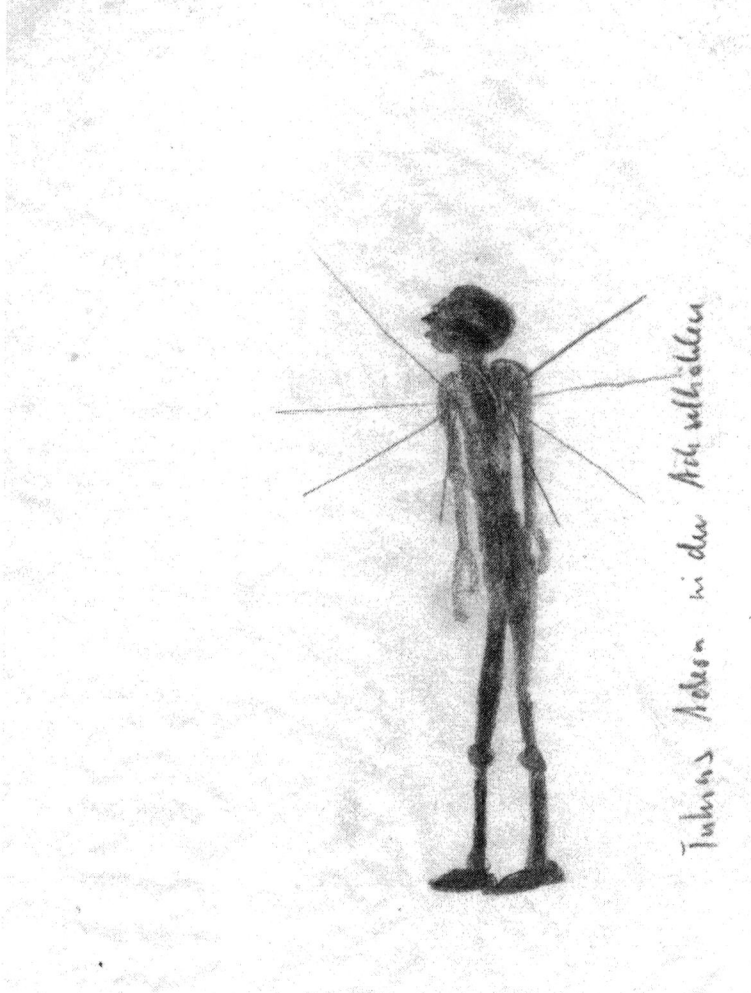

Julius lebes in der Nebenwelten

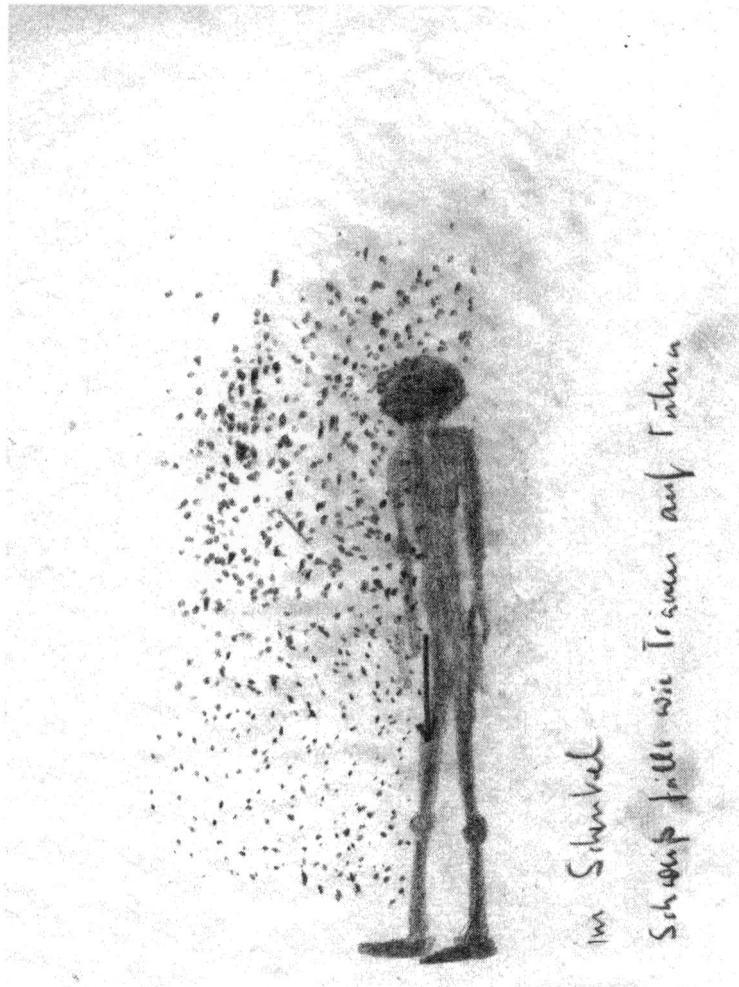

Im Schnabel
Schnaps fallen wie Tränen auf Pathia

63

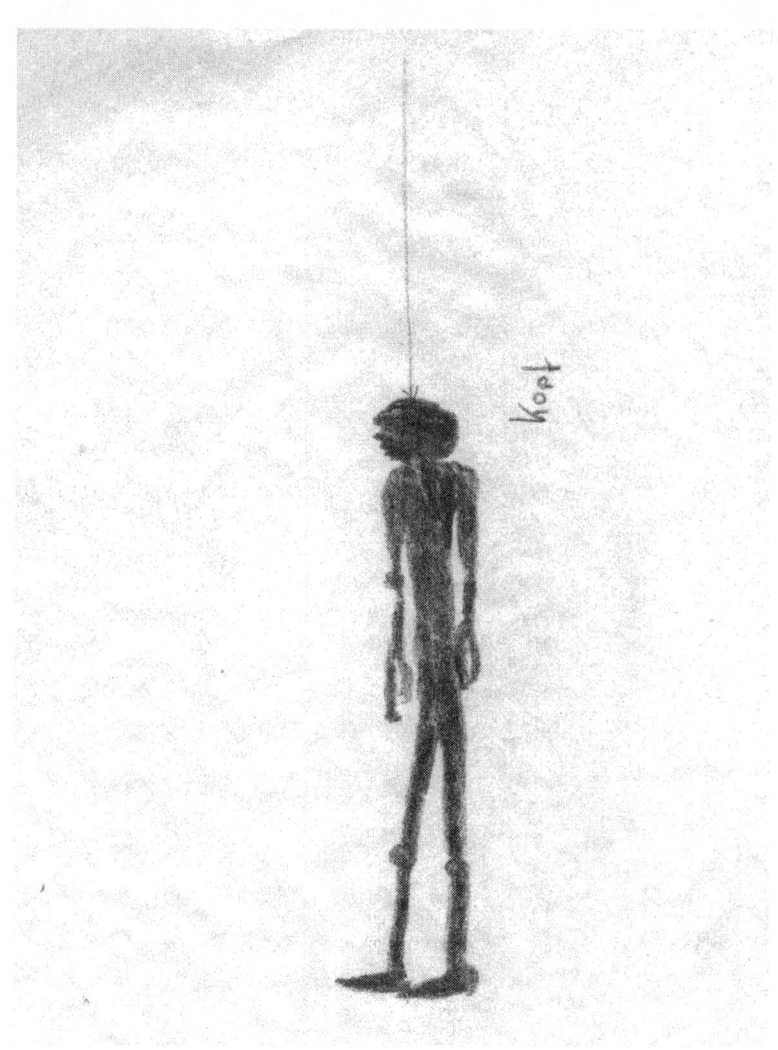

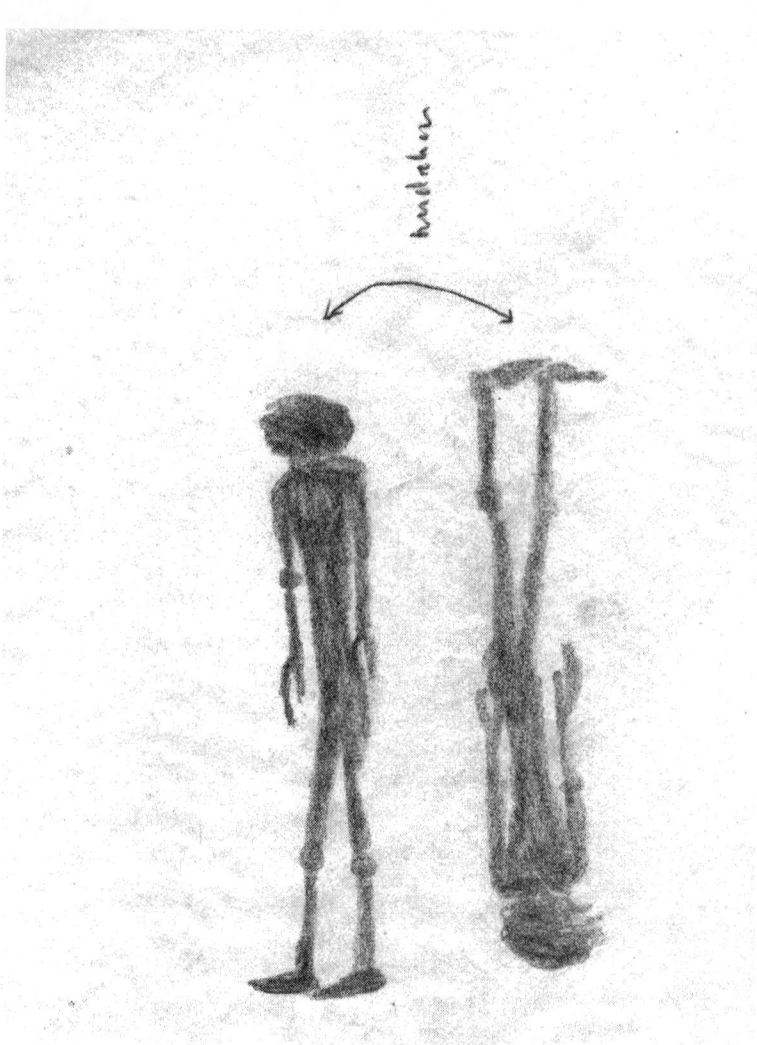

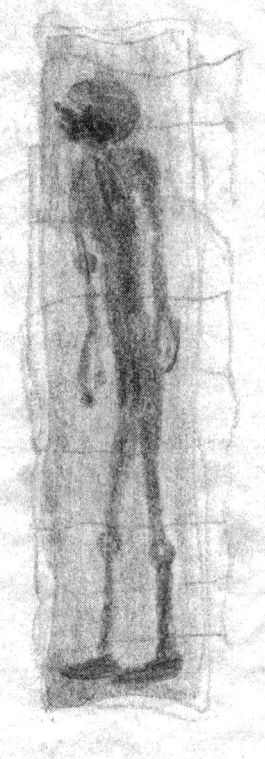

Verhüllung mit Tüchern

69

Anschauen

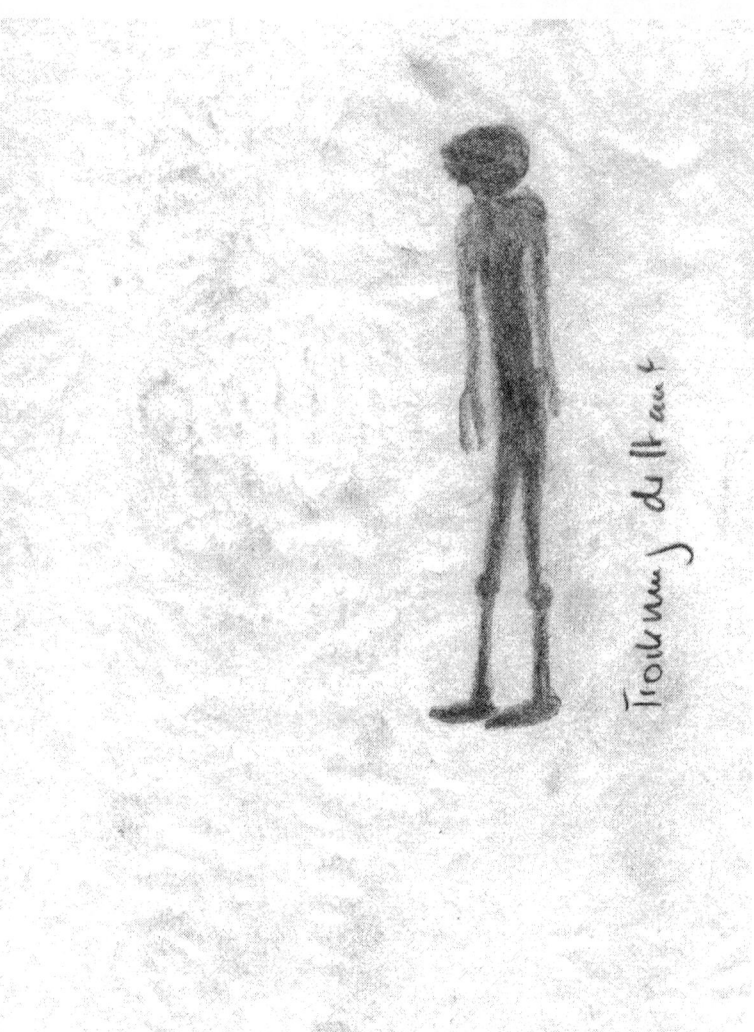

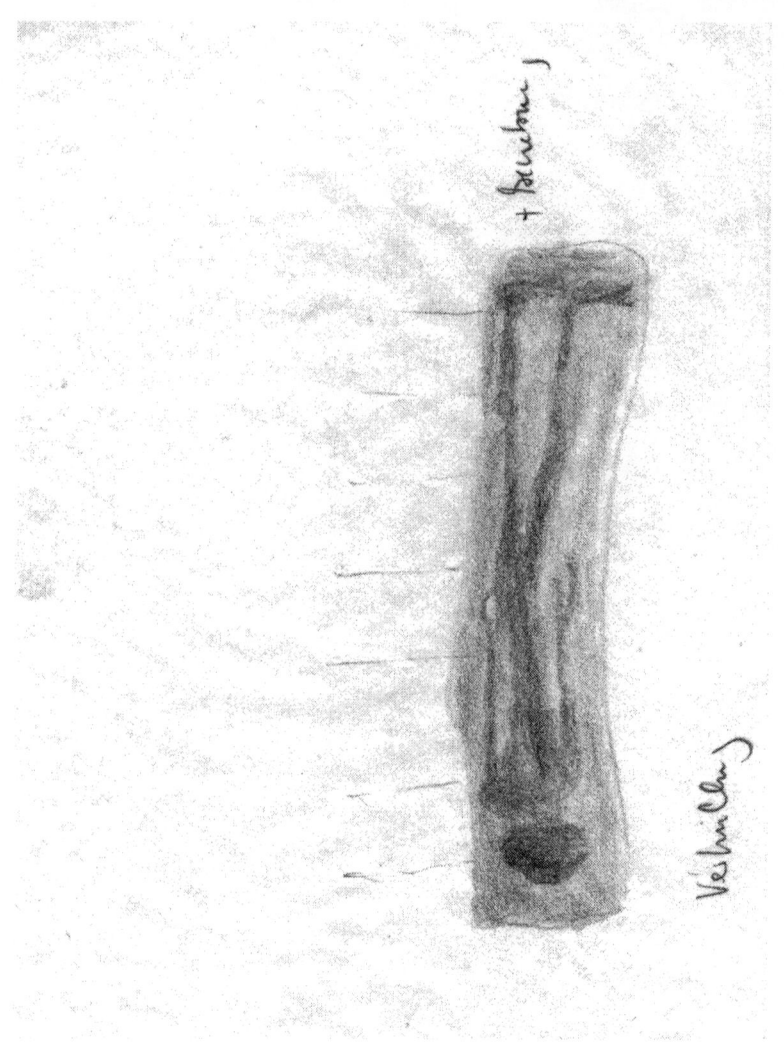

+ forulane 」

Veshiella 」

Taucher wird in einem Behälter aus Kopf gelegt

Täglich wird ein Kopf Krankes gefegt.
Das Kopf Krankes wird in einem Hohlkörper gefegt.

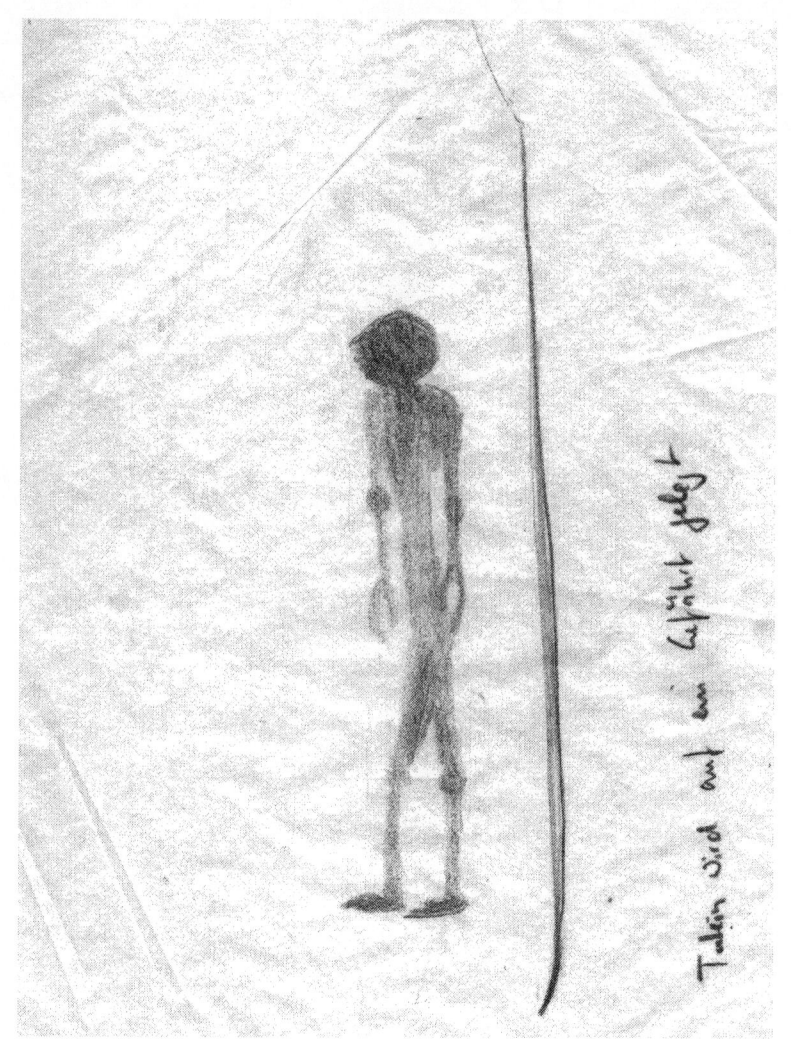

Todesin sind auf ein Luftfahrt gelegt

81

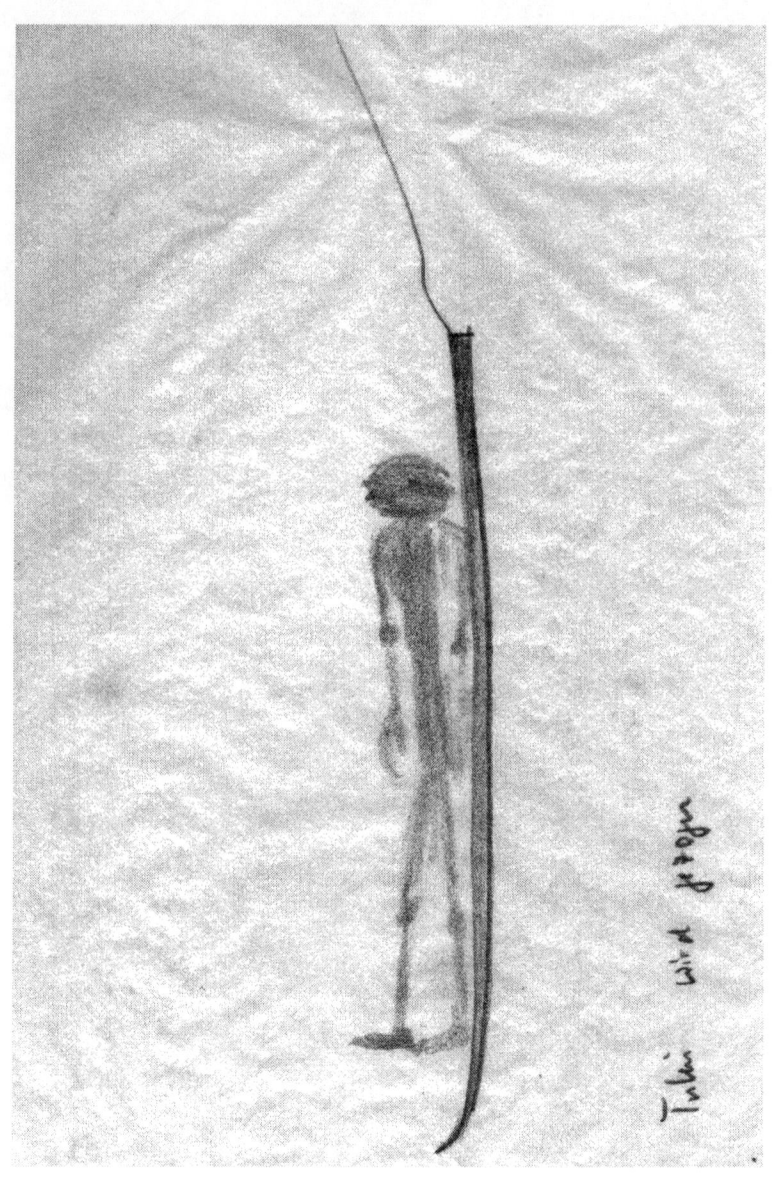

83

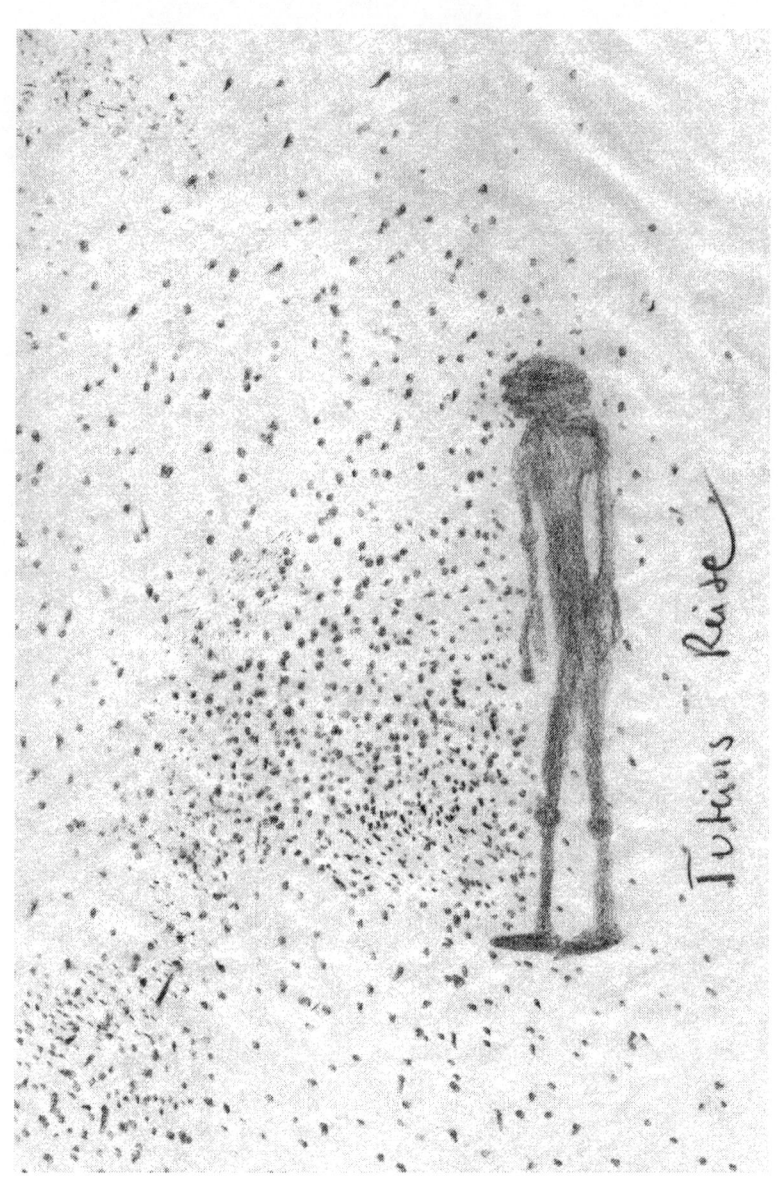

Verzeichnis der Zeichnungen

Alle Zeichnungen gehören zum Zyklus »Tutein«
(Ursula Balser, »Station Eismitte«, Schirn
Frankfurt am Main 1985)

INHALT

Tutein

Zeichnungen

Anhang